Théaulon

Constitué

5

DON SANCHE,

OU

LE CHATEAU D'AMOUR.

Paroles de MM. Théaulon et de Rancé.

Musique de M. Liszt.

Décors de M. Ciceri.

IMPRIMERIE DE JULES DIDOT AÎNÉ,
IMPRIMEUR DU ROI,
Rue du Pont-de-Lodi, n° 6.

DON SANCHE

OU

LE CHATEAU D'AMOUR,

OPÉRA-FÉERIE

EN UN ACTE.

REPRÉSENTÉ POUR LA PREMIÈRE FOIS,
SUR LE THÉATRE DE L'ACADÉMIE ROYALE DE MUSIQUE,
LE 17 OCTOBRE 1825.

PRIX : 1 fr. 50 c.

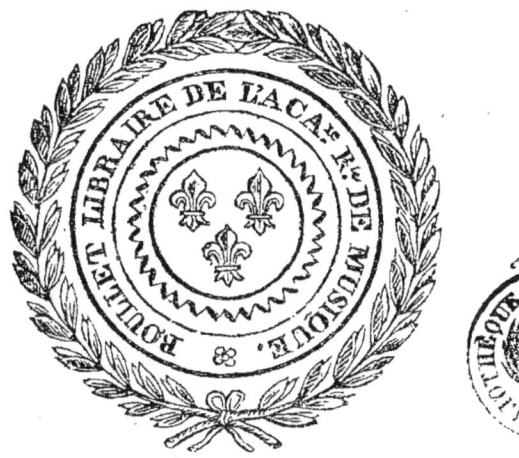

A PARIS,

Chez ROULLET, Libraire de l'Académie royale de
Musique et du Théâtre royal Italien, rue Villedot,
n° 9, en face le passage du café de Foi.

1825.

AVERTISSEMENT.

Le fonds de ce petit opéra est tiré d'une Nouvelle de Florian qui porte aussi le titre de *Don Sanche*. Ce sujet nous parut convenir particulièrement à l'Académie royale de Musique, par les images gracieuses ainsi que les passions, tour-à-tour fortes ou riantes, que l'on pouvoit y développer : et notre unique but, en composant cet ouvrage lyrique, fut de fournir à l'enfant étonnant à qui nous en devons la partition, des scènes dont la variété pût offrir à son talent les moyens de se montrer sous ses divers aspects. C'est ainsi qu'après l'expression de la jalousie, nous avons placé le calme de l'indifférence, et que nous avons fait succéder aux chants de la gaîté, aux hymnes de l'amour, le caractère de la plus sombre douleur. Nous croyons devoir cette remarque aux littérateurs et aux gens du monde qui pourroient trouver peu de liaison entre quelques scènes de ce modeste opéra. Ici la poésie a fait abnégation entière de ses prétentions en faveur de la musique; l'intérêt qui s'attache au nom déjà célèbre du jeune Liszt imposoit silence à notre vanité d'auteur. Ce compositeur n'avoit pas *onze ans* accomplis, lorsque le poème de *Don Sanche* lui fut confié.

Nous ne terminerons pas cet avertissement sans témoigner hautement notre reconnoissance à MM. Dubois et Kreutzer pour le zéle et les soins qu'ils ont apportés, chacun dans ce qui concerne ses attributions, à la mise en scène de cet ouvrage. M. Kreutzer a montré pour le jeune Liszt une affection qui honore à-la-fois son caractère et son beau talent.

Nous devons aussi des remercîments à madame Grassari qui, en faveur de notre jeune compositeur, a bien voulu se charger d'un rôle qui, par son peu d'importance, n'est point en harmonie avec l'emploi et la réputation de cette célèbre actrice.

M. Adolphe Nourrit et les autres artistes qui ont accepté des rôles dans cet ouvrage, ont montré le même zèle pour faire connoître au public le précoce talent du compositeur.

Les décorations, on ne sait pas pourquoi, n'ont pas été exécutées d'après les indications du poëme; on a laissé subsister ces indications pour les théâtres des départements.

PERSONNAGES DANSANTS.

Châtelaines.

Mmes Naderkor, Brocard 2e, Genevaux, Olivier.

Amants des châtelaines.

MM. Élie, Isambert, Louis Petit, Olivier.

Villageois et Villageoises.

M. DAUMON.

MM. Péqueux, Grosneau, Martin, Vincent, Gondoin, Cornet, Faucher, Desplaces.

Mlle HULLIN 2e.

Mlles Joli, Seuriot 1re, Bassompierre, Péan, Coupotte, Tomson, Leroux, Levasseur.

Chevaliers et dames du Château d'Amour.

M. PAUL.	Mme PAUL-MONTESSU.
MM.	Mmes
Robiquet.	Aline.
Rivière.	Ferdinand.
Lenfant 1er.	Campan.
Lenfant 2e.	Lacroix 2e.
Alerme.	Leclerq.
Banse.	Lecomte.
Pillain.	Maillet.
Bégrand.	Seuriot 2e.

Écuyers d'Alidor.

MM. Guyot, Lenoir.

Bergers et Bergères.

MM. Petit, Callot, Frémot.
Mlles Dory, Chanet, Singès.

Pages.

Mlles Trotin, Croisette, Aimés, Cava, Chavigni, Ropiquet, Joly, Proche, Maisonneuve, Provost, Bertrand, Larchet.

Écuyers de don Sanche.

MM. Gosselin 2ᵉ et Carré.

PERSONNAGES DES CHOEURS.

Seigneurs, suite de la princesse.

MM.
Prévost.
Picard.
Guignot.
Berdoulot.

MM.
Gaubert.
Gousse.
Trévaux.
Begrez.

Chevaliers aimants.

Bouvenne.
Guion.
Goyon.
Forgues.

Courtin.
Vaillant.
Laty.
Robin.

Villageois.

Levasseur.
Richetaux.
Royer.
Esmery.
Ducauroy.
Gaudefroy.

Doutreleau.
Hens.
Murgeon.
Legros.
Léger.
César.

Ménard.
Gontier.
Picardat.
Laussel.
Lallement.
Monneron.

Dames de la cour, suite de la princesse.

Mmes

Reine.
Lachnith.
Thomassin.
Forcade.

Mmes

Lebrun.
Maze.
Falcoz.
Dussart.

Dames aimantes.

Augusta.
Blangy.
Larcher.
Georges.

Ménard cadette.
Gambin.
Lepoint.
Lorotte.

Villageoises.

Sèvres.
Vény.
Proche.
Fenouillet.
Barbier.
Rechmans.

Ménard aînée.
Grosneau.
Delboy.
Bataillard.
Lecoq.
Jawureck 2e.

PERSONNAGES.	ACTEURS.
ALIDOR, enchanteur.	M. PREVOST.
DON SANCHE.	M. ADOLPHE NOURRIT.
ELZIRE.	Mme GRASSARI.
ZÉLIS, confidente d'Elzire.	Mlle FRÉMONT.
UN PAGE.	Mlle JAWURECK.
CHEVALIERS ET DAMES.	
VILLAGEOIS ET VILLAGEOISES.	
SUITES D'ELZIRE, D'ALIDOR ET DE DON SANCHE.	
SONGES.	
GÉNIES.	

DON SANCHE

OU

LE CHATEAU D'AMOUR.

OPÉRA-FÉERIE EN UN ACTE.

~~~~~~

Le théâtre représente un paysage enchanteur. A droite et à gauche on voit des bouquets d'arbres. Au milieu de la scène est un château d'une structure singulière, mais élégante; il est entouré de fossés et de remparts, et l'on ne pénètre dans l'intérieur que par un pont-levis.

SCÈNE PREMIÈRE.

VILLAGEOIS, CHEVALIERS ET DAMES.

CHOEUR.

Venez, venez, à votre tour,
Entrer dans le Château d'Amour :
Ici point de peines cruelles;
Tous les amants y sont fidèles,

Et l'essaim des Ris et des Jeux
Habite ces aimables lieux.
Accourez, folâtres bergères,
Et vous, châtelaines sévères,
Venez, venez, à votre tour,
Entrer dans le Château d'Amour.

*Pendant ce chœur les villageois dansent. Le pont-
levis est baissé, et l'on voit successivement entrer
dans le château une grande quantité de chevaliers
et de dames qui marchent de deux en deux. A la
fin du chœur, on voit paroître don Sanche qui
s'avance aussi vers le pont-levis. Un page sort du
château et arrête le chevalier.*

SCÈNE II.

DON SANCHE, UN PAGE, VILLAGEOIS.

LE PAGE.

Beau chevalier, va chercher une amie,
Si veux entrer dans ce riant séjour :
Il faut jurer d'aimer toute la vie
Pour être admis au doux Château d'Amour.

DON SANCHE.

Expliquez-moi, de grace, ce mystère :
Est-il quelque sévère loi
Qui ferme ces remparts à ma noble bannière ?

LE PAGE.

Oui: pour y pénétrer il faut aimer et plaire.

DON SANCHE.

S'il ne falloit qu'aimer ils s'ouvriroient pour moi!

AIR.

Aimer, voilà toute ma gloire!
Aimer, voilà tout mon bonheur!
Et quand, cédant à mon ardeur,
Je cours au champ de la victoire
Chercher la palme du vainqueur,
Aimer, voilà toute ma gloire!
Aimer, voilà tout mon bonheur!
Vainement l'insensible Elzire
Se rit de mon cruel martyre,
Rien ne pourra changer mon cœur;
Et pour vivre dans sa mémoire,
Même en mourant de sa rigueur,
Je redirois dans ma douleur:
Aimer, voilà toute ma gloire!
Aimer, voilà tout mon bonheur!

LE PAGE.

Eh quoi! jeune guerrier, à votre amour contraire,
Celle que vous aimez....

DON SANCHE.

Se rit de mes tourments.

LE PAGE.

Et vous voulez entrer dans ce lieu tutélaire!
    (*en riant.*)
    Perdez un espoir téméraire;
    Il n'est ouvert qu'aux vrais amants.

CHOEUR.

Beau chevalier, va chercher une amie,
Si veux entrer dans ce riant séjour:
Il faut jurer d'aimer toute la vie
Pour être admis au doux Château d'Amour.

Le page rentre dans le château. Les villageois se dispersent.

SCÈNE III.

DON SANCHE *seul.*

Ainsi tout à mon cœur retrace la cruelle!
    Tout me rappelle sa rigueur.
Je vois nos chevaliers heureux près de leur belle;
Et seul j'implore en vain une douce faveur.
Si d'un cœur sans pitié l'indifférence extrême
    Par mon amour ne se laisse fléchir,
    Bientôt la lice va s'ouvrir,
    Et, s'il ne peut oublier ce qu'il aime,
    Du moins un guerrier sait mourir.

SCÈNE IV.

DON SANCHE; ALIDOR, *sortant des bosquets.*

ALIDOR.

Non, tu ne mourras point, chevalier noble et tendr˟!
Aux plus cruels dangers Elzire va s'offrir,
   Tu dois vivre pour la défendre.

DON SANCHE.

Ah! mon sort est trop beau si je puis la servir.
Mais qui donc êtes vous, étranger que j'honore?

ALIDOR.

  Je suis l'appui des fidèles amants;
    Et l'on peut en trouver encore,
    Qui savent garder leurs serments.
L'amour a fait long-temps le bonheur de ma vie;
Mon cœur reconnoissant éleva ce séjour.
Ici tout est soumis au pouvoir de l'Amour;
A ses riants autels ici tout sacrifie;
Mais il faut être deux pour entrer à ma cour.
« Quand deux cœurs bien épris ont franchi cette enceinte (1),
    « Après le serment usité,
« Pour eux plus de tourments, de soupçons ni de crainte:
« La vertu de ces bords, c'est la fidélité.
« Et cependant, malgré cette félicité,

---

(1) Tout ce qui est marqué par des guillemets se passe à
à la scène.

« Que d'amants accourus des plus lointaines rives
« Avec des sentiments bien tendres et bien purs,
　« Et dont j'ai vu les flammes fugitives
　　« Expirer au pied de ces murs!

DON SANCHE.

« Ah! pour ceux que l'Amour soumet à son empire
　« Si l'inconstance a quelque attrait vainqueur,
« C'est que nulle beauté n'a les charmes d'Elzire
« Et que nul chevalier n'a ma brûlante ardeur.

ALIDOR, *riant.*

« J'ai vu cette beauté qui cause ton martyre.

DON SANCHE.

« Vous l'avez vue? Ah! vous devez l'aimer.

ALIDOR.

« Par ses vertus elle sait tout charmer....
« Mais le seul but où désormais j'aspire,
« C'est de rendre au bonheur les amants malheureux;
« Et je veux essayer de remplir tous tes vœux.»

DON SANCHE.

Quel espoir!

ALIDOR.

　　En ce jour, d'une grande disgrace
　Le sort injuste te menace;
　Tandis que cherchant les combats
Pour faire proclamer les charmes de ta dame,
Et chevalier errant, portant ici tes pas,
Aux échos de ces murs tu racontes ta flamme,

Elzire, en de lointains climats,
Va d'un royal époux partager la couronne.

DON SANCHE.

Dieux! que m'apprenez-vous? Tout espoir m'abandonne!
Un autre obtiendroit ce trésor!
Un autre est son époux!

ALIDOR.

Il ne l'est pas encor.

DON SANCHE.

Il ne le sera pas, c'est moi qui vous l'atteste,
Ou ma valeur lui deviendra funeste.

DUO.

DON SANCHE et ALIDOR.

Ensemble.

Transports jaloux, tourments affreux,
Dont notre cœur n'est pas le maître,
L'amour devroit-il vous connoître,
Sur-tout quand il n'est pas heureux?

Apprenez-moi vers quels bords on l'entraîne.

ALIDOR.

Aux champs de la Navarre elle porte ses pas.

DON SANCHE.

J'y cours!

ALIDOR.

Arrête! ici tu la verras.
Son cortége est entré dans la forêt prochaine,

2.

Et je vais l'égarer vers ce riant séjour.
    Laisse-moi seul, je veux calmer ta peine.

DON SANCHE.

Qui! moi! moi je perdrois l'objet de tant d'amour?
Et de mes longs tourments l'attente seroit vaine!

Ensemble.

Transports jaloux, tourments affreux,
Dont notre cœur n'est pas le maître,
L'amour devroit-il vous connoître,
Sur-tout quand il n'est pas heureux?

(*Don Sanche s'éloigne.*)

SCÈNE V.

ALIDOR, *seul.*

Qu'un orage d'abord amène la princesse;
Et pour mieux découvrir ses secrets sentiments,
    A la magie unissons mon adresse:
L'art d'observer les cœurs vaut tous les talismans.

AIR.

Noirs enfants de l'orage,
Esprits de ces déserts,
Dans le sein du nuage
Allumez les éclairs;
Déchaînez le tonnerre,
Et venez à ce bruit

Étendre sur la terre
Les ombres de la nuit.

Pendant cet air un violent orage se forme sur la forêt.

Mes ordres sont remplis; la princesse s'avance.
Elzire de l'Amour peut braver la puissance;
Mais si l'orgueil, déguisant son ardeur,
Enflamme seul sa résistance,
Je saurai, sous les traits de son persécuteur,
La forcer à trahir les secrets de son cœur.

(*Il s'éloigne.*)

SCÈNE VI.

ELZIRE, ZÉLIS; SUITE DE LA PRINCESSE.

CHOEUR.

Quel pouvoir a soudain déchaîné les tempêtes?
La foudre gronde sur nos têtes,
Et le feu des éclairs, qui sillonnent les cieux,
Dirige seul nos pas dans ces bois ténébreux.

ZÉLIS.

D'un vieux manoir les gothiques tourelles,
Aux lueurs de la foudre, ont frappé mes regards:
Accourez, écuyers fidèles!
Demandez un asile au sein de ces remparts.

CHOEUR.

Demandons un asile au sein de ces remparts.

Deux écuyers s'approchent du château et sonnent du cor. Ce son, qui se prolonge d'écho en écho, est bientôt répété dans l'intérieur du château. Le page reparoît sur le pont-levis.

SCÈNE VII.

LES MÊMES, LE PAGE.

LE PAGE.

Jeune beauté, sur ce rivage,
Au pied de ces remparts, que venez vous chercher?

ELZIRE.

C'est un abri contre l'orage.

ZÉLIS.

Ah! voyez nos dangers, et laissez-vous toucher.

LE PAGE, *venant en scène.*

Oui; mais de ce manoir vous ignorez l'usage.

Premier couplet.

C'est ici le château d'Amour,
Du plaisir le riant asile;
Pour en trouver l'accès facile
Il faut payer d'un doux retour.
Si vous avez le nom d'amante,
Dans ce manoir entrez soudain;

Si vous êtes indifférente,
Passez, passez votre chemin.

ELZIRE.

Qu'entends-je? ô ciel! rigueur extrême!

ZÉLIS.

Quoi! l'on n'entre chez vous?...

LE PAGE.

Qu'avec celui qu'on aime.

Second couplet.

Pourquoi donc votre chevalier
N'est-il pas auprès de sa dame,
Lorsque le plaisir vous réclame
Dans ce séjour hospitalier?
Si vous portez le nom d'amante,
Dans ce manoir entrez soudain;
Si vous êtes indifférente,
Passez, passez votre chemin.

ZÉLIS, *à part.*

Nous allons, je le vois, nous remettre en voyage.

ELZIRE.

Je ne m'attendois pas à ce cruel outrage;
Je suis fille des rois....

LE PAGE, *riant.*

C'est un rang glorieux;
Mais quand elle n'est point éprise,
Une fille des rois, qui descendroit des dieux,

Comme une autre beauté, ne seroit point admise
Dans ce séjour délicieux.

ZÉLIS.

Quoi! c'est en vain qu'Elzire vous implore,
Vous pouvez lui fermer l'accès de ce séjour?

LE PAGE.

Don Sanche est près de vous; Elzire, il vous adore :
Pour franchir ces remparts partagez son amour.

(Il rentre.)

CHOEUR.

Pour mettre la princesse à l'abri de l'orage
Demandons un refuge aux arbres du bocage.

(La suite d'Elzire se disperse.)

SCÈNE VIII.

ELZIRE, ZÉLIS.

ZÉLIS.

Je vous le disois bien, l'Amour se vengera.
Ah! que sur son pouvoir ce moment vous éclaire;
Quelque jour il vous punira.

ELZIRE.

Mon cœur se rit de sa colère,
Et ma fierté le bravera.

ZÉLIS.

Mais ne fuyez-vous pas un guerrier redoutable,

Ce Romualde, enfin, votre persécuteur?

ELZIRE.

En Navarre, Zélis, je trouve un défenseur.

ZÉLIS.

Le secours d'un amant n'est-il pas préférable?
Don Sanche est en ces lieux, soyez-lui favorable.

ELZIRE.

AIR.

Non, non : aux volontés des dieux
Avec orgueil je m'abandonne;
Je vais porter une couronne,
Est-il un sort plus glorieux?
Mais en quittant les champs de l'Ibéric,
Ces nobles champs de mes aïeux,
L'image d'un héros s'est offerte à mes yeux :
J'allois regretter ma patrie!
Et par ce souvenir mon ame poursuivie....
Non, non : aux volontés des dieux
Avec orgueil je m'abandonne;
Je vais porter une couronne,
Est-il un sort plus glorieux?

ZÉLIS.

Oui, vous allez d'un roi partager la puissance;
Mais don Sanche, sans être roi....

ELZIRE, *avec impatience.*

Don Sanche!

ZÉLIS.

Près du trône il reçut la naissance;
L'amour depuis long-temps l'enchaîne à votre loi;
Et quels cruels mépris ont payé sa constance!

ELZIRE.

« Partons, Zélis.

ZÉLIS.

Partir! vous me glacez d'effroi.
« La nuit vient et l'orage augmente.
« De chevaliers félons une cohorte errante
« Parcourt, pour vous ravir, les bois et les vallons;
« Romualde vous cherche; il peut....

ELZIRE, *incertaine.*

Zélis, restons. »

SCÈNE IX.

Les mêmes, DON SANCHE, ses écuyers,
portant sa bannière et ses armes.

DON SANCHE, *accourant.*

Elzire est sur ces bords; félicité suprême!
Cet instant comble tous mes vœux.

ELZIRE.

Ah! Zélis, quels accents!

ZÉLIS.

C'est don Sanche lui-même;
Le ciel enfin veut-il le rendre heureux?

DON SANCHE, *s'approchant.*

Elzire!

ELZIRE.

Oui, chevalier, je venois en ces lieux
Contre l'orage implorer un asile;
Mais de ces murs l'accès est difficile,
Ou me paroît bien dangereux.

DON SANCHE.

Et cependant la nuit va couvrir ces campagnes:
L'orage recommence; et vous, et vos compagnes,
Vous ne pouvez, dans ces forêts,
Au courroux des autans exposer tant d'attraits.
(*Le tonnerre gronde de nouveau.*)

TRIO.

DON SANCHE.

Entendez-vous gronder l'orage?
Venez jurer d'aimer toujours;
Et dans ce brillant ermitage
Allons attendre les beaux jours.

Ensemble.

ZÉLIS.

Entendez-vous gronder l'orage?
Venez jurer d'aimer toujours;
Et dans ce brillant ermitage
Allons attendre les beaux jours.

ELZIRE.

J'entends, Zélis, gronder l'orage!
Mais je saurai fuir les amours;
Et c'est bien loin de ce rivage
Que je dois trouver d'heureux jours.

DON SANCHE.

Ah! rendez-vous à ma prière.

ZÉLIS.

Ah! rendez-vous à sa prière.

DON SANCHE.

Aimer est le plus doux bonheur.

ZÉLIS.

Aimer est le plus doux bonheur.

DON SANCHE.

Et j'ai gravé sur ma bannière:

ZÉLIS.

Tout pour l'amour!

DON SANCHE.

Tout pour l'honneur!

ELZIRE.

C'est en vain que don Sanche espère,
Je garderai la paix du cœur.

(Violents éclats de tonnerre.)

DON SANCHE.

Entendez-vous gronder l'orage?
Etc.

ZÉLIS.

Entendez-vous, etc.

ÉLZIRE.

J'entends Zélis, etc.

(La nuit commence.)

ELZIRE.

Sous cette voûte de feuillage
De l'aurore, Zélis, j'attendrai le retour,
Pour continuer mon voyage...
Je brave ici du moins le pouvoir de l'Amour.

DON SANCHE.

Ingrate, mon trépas deviendra votre ouvrage!
(à ses écuyers.)
« Formez de ma bannière un abri protecteur;
« Ma bannière toujours doit protéger Elzire.

ELZIRE, *à Zélis.*

« Je l'avouerai, malgré moi je l'admire.

ZÉLIS.

« Pourquoi donc refuser de faire son bonheur? »

Ensemble.

Les écuyers ont placé la bannière près du banc de gazon, et en ont fait un abri. Les femmes y joignent leurs voiles, qui forment une espèce de tente. La nuit est obscure ; mais des flambeaux d'Amour brûlent sur les dômes du château. La princesse se place sur le banc de gazon. Les femmes se groupent autour d'elle.

ELZIRE.

« Ces feuillages épais ont je ne sais quels charmes,
　　« Et leur pouvoir mystérieux,
« De mon timide cœur dissipant les alarmes,
« D'un prestige enchanteur couvre soudain mes yeux. »

DON SANCHE, *à voix basse.*

AIR.

Repose en paix au milieu de l'orage,
　　Et de ton cœur bannis l'effroi !
Repose en paix ! Heureux de son partage,
　　Ton chevalier veille sur toi.
　　Amour, par un riant mensonge,
　　Embellis son chaste sommeil ;
　　Et qu'au moins elle m'aime en songe,
En attendant les rigueurs du réveil.
Repose en paix au milieu de l'orage,
　　Et de ton cœur bannis l'effroi !
Etc., etc., etc.

Un calme profond règne sur la scène. De légères vapeurs s'élèvent de la terre et soutiennent des Amours

qui couvrent la princesse d'un voile d'azur et d'or.
Alors les murailles du château d'Amour deviennent
transparentes. Une vive lumière éclaire l'intérieur,
et l'on y voit les amants heureux au milieu de tous
les plaisirs. Ballet. Danses voluptueuses et nobles
dans le château. Sur le devant de la scène, les esprits
de la forêt forment des danses d'un autre caractère.

LE PAGE, sortant du château suivi de dix pages qui
jouent de la harpe en dansant.

Dans cet asile,
Doux et tranquille
Pour les amants
Toujours constants,
Point de contrainte,
Jamais de plainte,
Tous nos soupirs
Sont des plaisirs.
De douces flammes
Brûlent nos ames;
Dans ce séjour
Tout n'est qu'amour;
Aimer et plaire,
C'est sur la terre,
Pour un grand cœur,
Le vrai bonheur.

Les danses continuent. La princesse est agitée. Le son
du clairon retentit dans la forêt. La suite de la

princesse accourt effrayée. Le prestige s'évanouit.
Elzire s'éveille. Le jour reparoît.

SCÈNE X.

LES MÊMES, *suite d'Elzire.*

CHOEUR.

Romualde a touché ces bords,
Nous opposons un courage inutile :
Princesse, dans ces murs, pour tromper ses efforts,
Cherchez un généreux asile.

DON SANCHE.

Romualde! ah! ce nom enflamme mon courroux!
Noble Elzire, rassurez-vous;
Vous ne pouvez m'aimer.... mais je puis vous défendre.

ZÉLIS.

Vit-on jamais un cœur et plus noble et plus tendre!

CHOEUR.

Il approche, c'est lui! des héros redouté,
Il est encor l'effroi de la beauté.

SCÈNE XI.

LES MÊMES, ALIDOR *sous les traits et les armes*
de Romualde, SUITE.

ALIDOR.

Le sort en mon pouvoir vous livre, belle Elzire;
Venez, venez régner sur mon brillant empire.

AIR.

Vainement vous voulez me fuir;
  Bravant la foudre et l'onde,
  Jusques au bout du monde
  J'irois vous conquérir.
Si l'amour est une foiblesse,
  C'est du moins celle d'un grand cœur :
Mais si vous dédaignez encore ma tendresse,
Je saurai par la force assurer mon bonheur.
Oui, j'en fais le serment, trop cruelle princesse!
  Vainement vous voulez me fuir,
  Bravant la foudre et l'onde,
  Jusques au bout du monde
  J'irois vous conquérir.

ELZIRE.

Chevalier déloyal, d'où te vient tant d'audace,
Et qui peut t'inspirer un si noir attentat?

DON SANCHE.

  Elzire brave ta menace;
Je suis son chevalier, je t'appelle au combat.

ALIDOR.

Don Sanche dans ces lieux! Viens, jeune téméraire,
  Viens éprouver ce que peut ma colère.

DON SANCHE ET ALIDOR.

Tremble, tremble; bientôt mon bras
Saura punir ton insolence!
Bientôt sous les coups de ma lance,
Guerrier cruel, ⎞
Jeune imprudent ⎠ tu tomberas!

ELZIRE, ZÉLIS, *et les femmes.*

Veille, veille, dans les combats,
Sur le héros dont la vaillance
Ici va prendre ⎰ ma ⎱ défense;
　　　　　　⎱ sa ⎰
O ciel, ne l'abandonne pas!

(Alidor et don Sanche rentrent dans la forêt.)

SCÈNE XII.

ELZIRE, ZÉLIS, ET LES FEMMES.

ELZIRE.

Grands dieux! dans leurs regards quel courroux étincelle!

ZÉLIS.

Don Sanche punira ce lâche ravisseur.

(Elle monte sur un tertre.)

ELZIRE.

Pour ce jeune héros, ah! je fus trop cruelle,
Je le sens à l'effroi qui vient glacer mon cœur.

PRIÈRE.

Roi de ces bords, puissant génie,
Tu régnes sur tous les mortels :
De mon orgueil enfin punie,
Je me prosterne à tes autels.
Amour, Amour, en ce péril extrême,
Viens de don Sanche être l'appui ;
Sauve-le si tu veux que j'aime,
Car je ne puis aimer que lui.

ZÉLIS, *du haut du tertre.*

Non loin de cette enceinte
Ils se sont arrêtés ;
Sur leurs fronts menaçants la fureur est empreinte ;
Leurs fers jettent au loin de sinistres clartés.

CHOEUR.

Entendez-vous le bruit des armes ?
Il fait retentir les échos !
Dieux, calmez nos justes alarmes,
Et protégez notre héros !

ZÉLIS, *avec douleur.*

Leur rage a redoublé ! La victoire infidèle
A trahi notre espoir ; don Sanche menacé....

ELZIRE.

Romualde ! grands dieux !... O fortune cruelle !...
*Il se fait un grand silence dans le bruit des armes
qu'on entendoit.*

Le bruit des armes a cessé!...
« Tout mon cœur s'est rempli d'une terreur mortelle... »
(*Elle tombe entre les bras de ses femmes.*)

SCÈNE XIII.

Les Écuyers de don Sanche, villageois, chevaliers;
marche funèbre.

CHŒUR.

Il est tombé le noble preux,
Il est tombé pour son amie;
Déja le flambeau de la vie
S'éteint dans son cœur généreux.
(*Pendant ce chœur la princesse a repris ses sens.*)

ZÉLIS.

N'est-il donc nul espoir? Nos soins ici peut-être
Peuvent de ses destins rallumer le flambeau.

ELZIRE, *vivement.*

Demandez à l'instant l'accès de ce château.

ZÉLIS.

Songez-vous au serment?

ELZIRE.

        Ah! l'Amour est mon maître;
S'il me rend ce héros, je lui donne mes jours.

Les écuyers sonnent du cor. On répond de l'intérieur.
Le page reparoît.

SCÈNE XIV.

LES MÊMES, LE PAGE.

LE PAGE.

Elzire, que veux-tu?

ELZIRE, *avec transport.*

Je veux aimer toujours!...
Reçois-en le serment; c'est don Sanche que j'aime!
Ne lui refuse point ton généreux secours.

LE PAGE.

Pour finir tous ses maux il suffit de toi-même.
Soyez admis tous deux au palais des amours.

Le Page fait un signe. Le théâtre change, et repré-
sente l'intérieur du château.

SCÈNE XV ET DERNIÈRE.

LES MÊMES, CHEVALIERS ET DAMES, DON SANCHE, *amené par Alidor.*

ALIDOR.

Pardonnez-moi, charmante Elzire,
Le prestige cruel dont je me suis servi;
Je voulois de ce preux terminer le martyre;
Vous aviez un secret, et je vous l'ai ravi.

Aimez celui que je vous donne,
Je vous promets des jours heureux,
Un cœur fidéle et généreux
A plus de prix qu'une couronne.

ELZIRE ET DON SANCHE.

Recevez nos tendres serments,
Qu'en ce beau jour l'hymen nous lie,
Et nous serons toute la vie
Le vrai modéle des amants.

CHOEUR.

Honneur, honneur, honneur aux amants véritables,
Qui viennent partager notre félicité!
Dans cet heureux séjour les plaisirs sont durables,
La première vertu c'est la fidélité.

Une fête brillante termine l'opéra.

FIN.